AF360309

Es prouerbes
cõmuns

Les prouerbes cômuns selon soрбre de
la.b.c. Et premierement ceulx qui com
mencent par.a

A barbe de fol aprent on a taire.
A bon iour bonne oeuure.
A bon demandeur saige escondisseur.
A bon cheual bon gue.
A coulomb saoul cerises ameres.
A courte chausse longue lasniere
A celui qui a sa paste au four doibt on donner
de son tourteau.
A ceste mesure se me brasses.
A chascun oiseau son ny luy semble beau.
Achat secheur bat on souuent la gueule
A chaison treuue qui son chat bat
A cheual donne ne fault point regarder en sa
A dur asne dur aiguillon: gueule
A felon chien aspre lian.
A gros larron grosse corde.
Assez tost bient a lostel/ qui mauuaises nou-
uelles y apporte.
A renart endormy rien ne lui chiet en sa gueule
Aide toy dieu te aidera.
Aise fait les larrons
Ainsy ba qui mieulx ne peult
A la court du roy chascun y est pour soy
Ainsy dist le renart des meures quant il nen
peult auoir.

a.ii.

A la touche son espreuue lor.
A saigneler verra len lesquelles furent praines.
A lenfourner fait on les pains cornus.
A loeuure congnoist on louurier
Aller et parler peult on.
Aller et venir font les voies peler.
A lentree de la ville est le commencemēt des maiſō
A longue corde tire qui aultruy mort desire.
A lostel priser et au marche vendre.
Amendement nest pas peche.
A mauuais chien queue luy vient.
A mauuais chat mauuais rat
A mal pasteur lou luy chie laine.
Amour vaint tout que cueur villain.
Amour de femme et ris de chien tout ne vaut rien
qui ne dit rien.
Anemy ne doit.
A petit mercier petit pennier.
A petite plupe chiet grant vent.
A petite fontaine boit on souef.
A petite achaison prent le lou le mouton.
Apres bon vin bon cheual
Apres faire barguignier.
A peu parler bien besoignier.
Apres compter fault boire
Apres la poire le vin ou le preftre
Apres menger/asses cuilliers.
Apres tout seul boit on.

A quelque chose est malheurete bonne.
Arbre souuēt remuee faict a paine bon frnict.
A riche homme sa vache souuent velle.et a po
ure homme son veau luy auorte.
Asses demande qui se complaint.
Asses dort qui rien ne fait
Asses escorche qui le pie tient.
Assesva au moulin qui son asne y enuoie.
Asses ottroie qui se taist
Asses peult pleurer qui na qui lapaise.
Asseur dort qui na que perdre.
A tart crie loiseau quant il est prins.
A toille ourdye dieu enuoie le fil
A tart on ferme lestable quāt le cheual est pbu
A telz seigneurs telz honneurs.
A tel couteau telle gaine.
A tel pot telle cuillier.
A telle forme tel soulier.
A tel saint telle offrende.
A tel seigneur telle mesgnie.
A tout perdre na que vng coup perilleux.
Au besoing voit on qui amy est.
A u derrenier scaira on qui a menge le lart.
Au bon chouleur la pelote luy vient.
Au monter veut dieu
Au premier coup ne chiet pas larbre.
Au plus meschant le vireton
Au plus fol la massue.   a.iiii.

Au plus feble baille len la chandele a tenir.
Aussy tost meurt veau comme vache.
Aussy bien pleure bien batu côme mal batu.
Aussy bien sont amourettes soubs bureaulx
que soubz brunettes.
Autant despent chiche que large
Autât se prise beau varlet côe belle meschine.
Autant chemine ung hôme en ung iour com
me ung limas en cent ans
Autant vault cheoir que trebuchier.
Au vespre soues souurier: et au matin loste.
Au voir dire pert on le ieu.
Auant chante fol que prestre.
Aux teste scait on quelz les pos furent.
Aux grans pescheurs eschapêt les anguillez.

B.

Baston porte paix.
Beau se chastie qui par aultruy se chastie
Beau seruir fait amis: et voir dire anemys.
Beau chanter souuent ennuie.
Beaux est qui vient: et plus beau qui aporte.
Belle promesse fol lie.
B elle chiere et cueur arriere.
Belle chiere vault ung mets.
Belle chose est tost rauie.
Bel escrie le lou: qui sa proie luy rescout
Beaulte sans bonte ne vault riens.
Besoing fait vielle trotter.

Bien se part de sa place qui son amy p laisse
Bien a en sa maisõ qui de ses voisins est ame
Bon chateau garde qui son corps scet garder.
Bon droit a bon mestier daide.
Bon est le deul qui apres aide.
Bon est le lieure dont la peau couste cêt solz
Bon gre maulgre va le prestre au senne
Bon marche trait argent de bourse.
Bons mos nespargnent nully.
Bonne est la maille qui saulue le denier.
Bonne iournee fait qui de fol se deliure.
Bien fol est qui a fol demande sens.
Bonne parole bon lieu tient
Bonne chiere fait le cueur lie.
Bonne voulente est reputee pour le faict.

C

Ce aduient en vne heure q̃ naduiêt pas en cêt
Ce esmeut vng fol que quarãte sages ne pour
roient apaiser
Ce forfait la truye q̃ les porceaulx le cõparêt.
Ce nest pas or quant qui reluist.
Ce sont les pires bourdes que les vrayes.
Ce quapient poulain en emblure:il le mainti
ent tant comme il dure.
Ce que gaigne clerc a la penne/tout en empor
te c.o.ij.
Cest le plus fort a escorcher que la queue.

Cest bon debat que chien a chat chascun a on- gles.
Ceste queue nest pas de ce beau
Cest trop aime quant on en meurt.
Cest belle chose que de besoigne faicte.
Cest tresbien dit: mais queres qui le face.
Chairue de chiens ne vault riens.
Chantes a lasne il vous fera des pets.
Chascun est roy en sa maison.
Chascun dit iay bõ iap bon. mais la veue des-
couure tout
Chateau abatu est demy refait.
Chascune vielle son deul plaint.
Clers et femmes sont tout vng.
Chetif naira ia bon hostel
Chien dangereux sans marende se couche.
Chose qui plaist est a demy vendue.
Commencement nest pas fusee.
Cheual roigneux na cure que on lestrille.
Cõpaignie ne vault riens se il ny a trahison.
Contre coignie na serreure mestier.
Contre fortune nul ne peult.
Contre disner appert varlet.
Contre le vice est vertu medecine
Cil est mon oncle qui le ventre me cõble
Chose defẽdue est la plus desiree
Contre la nuyt sefmeuuent les limas.
Celuy est biẽ poure que dieu hait

Celuy est bien riche que dieu ayme
Cuideurs sont en vendenges.
Celuy a qui il meschiet tous luy mesoffrent
Chien enrage ne peult lōguement viure.

D

Daultruy cuir large courroie.
De bien gaignier et espargner deuiēt on riche
De bonne vie bonne fin.
Debenaire mire fait playes puantes.
De brebis comptees mēgut bien le lou.
De chose perdue le conseil en est prins.
De chiens.doiseaux.darmes.damours:pour
vng plaisir mille doulours.
De ce que fol pense souuent remaint
De deniers mescontes ne grace ne gre.
De forte cousture dure dessireure
De grant vanteur petit faiseur.
De grant vilain grant flac.
De grande maladie vient on en grant sante.
De ienne angelot viel deable.
De mauuais payeur prent on paille.
De mauuais hoste bon conuieur
De maigre poil aspre morsure
De moult se pourpense qui pain na.
De mortelle guerre fait on bien paix
De nouueau tout est beau.et de viel:ētre pies
De petit aiguillon point on grant asnesse.
De petit enfant petit dueil

De petit petit et basses asses
De pecheur misericorde.
De toutes tailles bons seuriere.
De tel fust que on a fait on flaiches.
De sot homme sot songe.
Dessus son fumier se fait le chien fier.
Deux moucherons valent vne chandele.
Deux orgueilleux ne peuent sus vng asne.
Deux gros ne peuent en vng pot
Deux chiens a vng os
Deux poures a vng huys
Deux loups mengucent bien vne brebis.
Dieu dône beûf: mais ce nest mie par la corne
Dieu scait qui bon est.
Doulx parler nescorche langue
Doulce parolle fraint grant ire.
De main vuide vuide priaire.
De vng pain mengier sennuye len
Du petit vient on au grant.
De petit pleure a qui la lippe pent.
Dolente est la sente qui quiert les fosses.
E.
En aduenture gisent beaux coups.
En amours a folie et sens.
En esperance dauoir mieulx vit le loup tant
quil deuiêt vieux.
En aoust fait il bon glaner.
En aoust sont gelines sourdes.

En forgeant deuient on feure.
Enfans deuiennent gens.
Encore nont pas brebis soupe
Encore na pas failly qui a a tuer.
Encore nest pas couche qui aira male nuyt.
En cët liures de plait ny a pas vne maille da
En ce mõde na que eur et malheur   mour
Enfant de bonne ville est demy escripuaiɲ.
En grant fardeau nest pas lacquest.
En la terre des aueugles cil qui na que vng
oeil y est roy.
En la peau ou le loup est le couuiët il mourir.
En larmes de felõ ne se doit nul fier.
En la queue gist le venin.
En lit a chien ne queres oincture.
En mauuais voisinage se loge on
En malfait ne chiet que amende.
En soy mocquant dit on bien vray.
En petite maison a dieu grant part.
En petit buisson trouue len grant lieure.
En la peau de la brebis ce q̃ tu veulx si escrips
En peu dheure dieu labeure.
En yuer par tout pleut. en este ou dieu veult.
En petite cheminee faict oɲ bien grant feu.et
en grande petit feu.
Eschaude eaue chaulde craint.
En petite teste a grant sens.
En petit champ croist bon ble.

Estront de chien et marc dargent seront tout
 vng au iugement
En toutes choses a mesure
Entretant que le chien chie se lou sen va.
En terme vient et maintenant paie.
Entre tieulx es tel deuien.
Entre deux selles le cul chiet a terre.
Entre deux vertes vne meure.
Entre fait et dit a moult.
Entre deux amis na que deux paroles
Entre promettre et donner doibt on la fille
marier.
Entre la bouche et la cuillier vient bien sou-
uent grant destourbier.
En tous temps fait il bon bien faire
En tant de pais tant de guises.
Enuis meurt qui aprins ne sa
Enuieux meurt: mais enuie ne mourra ia.
Excommunie mengut bien pain.

f.

Fay ce que tu dois: abutenne ce que peult
Fol est le prestre qui blasme ses reliques.
Fol est qui plus despēt que sa terre ne vault
Fol est q̃ daultruy mesdit sil ne regarde a soy.
Fol est qui quiert meilleur pain q̃ de fourmēt
Fol est q̃ iette a ses pies ce q̃l tiēt en ses mais.
Fol est qui soublie.
Fol deuise et fol depart.

fol ne voit en sa folie si non sens
fol deuise et fol depart.
fol si fie et musart si attend.
follie nest pas vasselaige.
follie est mettre la chairue deuāt les beufz.
follie faire & follie recongnoistre sont deux
pairez de follies.
follie est de acheter chat en pouche.
fol ne croit iucques a tant quil recoit
fort contre fort
fort est qui abat et plus fort est qui se releue
force nest pas droit.
force me faites et beau me est.
fiance est mere de despit.
fēme de fol atour est arbaleste a tour
femme licherresse ne fera ia pouree espesse.
femme se plaint femme se deult femme est
malade quant elle veult.
ferree iument glisse

G.

Grant bien ne vient point en petit dheure.
Grant besoing a de fol q̃ de soy mesmes se
Grāt couuoitise fait petit mont   fait.
Grant debenairete a maint homme grefue
Grant chose a ou faire le couuient.
Grant nest pas part.mais fol si fie
Goutte enossee est apaine curee.

b.i.

Haste ne vient seule.

Haiz auant et trout arriere.

Haste a licherre ne serv bien cuite.

Hardiemēt parle qui a la teste saine.

Harnois ne vault rien qui ne le deffens.

Haine de prince signifie mort dhomme

Homme pure nest pas a soy

Homme bien abruue nest onchs mal peu

Ia ne vienge demain sil naporte son pain.

Ia ne chante le coq si vendra le iour.

Ia pour logue demouree nest bōne amour
oubliee

Ia nait il bon marche q̃ ne lose demander.

Ia ne seroit mesdisāt sil nestoit nul escou-

Ia tigneux naimera pigne.   te

Il fait bon laisser le ieu tant quil est beau

Il sa beau taire de lescot qui rien nen paye.

Il boit asses qui a deul.

Il fait bon reculer pour mieulx saillir.

Il est gens et gens.

Il compte deux fois qui cōpte sans son ho-

Il est bien poure qui ne voit goutte   ste.

Il folloie beau qui folloie par conseil

Il ne pert pas son aumosne qui a son mor-
ceau luy donne.

Il na pas fait qui commence.

Il nest mie loing du cul qͥ a la queue se tiēt.
Il nest rien que gens ne facent
Il nest pas macon qui pierre refuse.
Il nest si mauuais sourt : que celuy qui ne
veult ouyr.
Il nest vie que deftre aife
Il nest cheual qui nait meshaing
Il nest iouer que a ioueurs.
Il nest si saige qui ne foloie aucune fois.
Il nest nulz petis amis.
Il nest dangier que de vilain.
Il nest si bon chairetier qui ne verse.
Il nest rigle qui ne faille.
Il nest mois qui ne reuienne.
Il nest chance qui ne retourne
Il ne choisist pas qui emprunte.
Il ne va pas du tout a honte qui de temps
voie retourne.
Il ne se tort pas qui a bon hostel va.
Il ne fait pas ce quil veult qͥ fait des chauf
fes de sa femme chaperon.
Il ne stet rien qui hors ne va.
Il na pas soif qui deaue ne boit.
Il naira ia bō varlet qui ne se nourrist
Il fait mal clocher deuant boiteux
Il plaidoie beau qui plaidoie sans partie
Il nest pas marchāt qui tousiours gaigne.
Il vault mieux estre seul qͥ mal aͤͦpaignie

b.ii.

Il vault mieulx ploier que rompre
Il vault mieulx tart que iamais

L.

Leaue dormante vault pis que la courante.
Laboy dung viel chien doibt on croire
Lhabit ne fait pas le moine.
La belle chiere amende moult lhoftel
La faim chasse le loup du bois.
La fin loe loeuure.
La mauuaise garde paift le loup.
La nupt a conseil.
La ou chat neft souris se resueillent
La maniere fait le ieu
La ou pain fault tout eft a vendre.
La ou preftre meurt dieu y a ouure.
La ou dieu veult il pleut
La ou il ny a que prendre le roy pert fõ droit
La ou raison fault sens dhõme na meftier.
La faulx paift le pre
Largent quant forge.
La souris eft toft prinse qui na q̃ vng ptuis
La pire roe du chariot crie touffours.
Las beuf souef marche.
Le bon commencemẽt attrait la bonne fin.
Lung amy pour laultre veille
Le bon escuier fait le bon cheualier
La chat scet bien quelle barbe il laiche
Le champ a peulx et le bois a oreilles.

Lecherre ne se eschaude mye mais il seart
Le coy pent le larron.
Le fait iuge lhomme.
Le gros du cul emporte le large du pelisson
Les courtes folies sont les meilleures.
Les derreniers venus sõt les mieulx aimes
Le derrenier clot luys
Les mieulx vestus deuers le feu.
Les mieux peus sont les mieulx papes.
Les medecins et les mareschaulx tuent les
gens et les cheuaulx
Le pain au fol est le premier menge
Lherbe que on cgnoist doibt on lier a sõ dop
Leuer matin nest pas eur. maiz desiuner est
le plus seur.
Le lou ala a romme. et y laissa de son poil. &
neant de ses coustumes.
Longue demouree fait changer amy
Longue voie paille couste.
Loyaulte vault mieux que argent
Lhoste est tousiours le plus greue
Les viures suiuent lost.

M.

Mal est batu qui plourer nose.
Mal aduise a asses paine.
Mal batu longuement pleure.
Mal enfant berse qui le deable endort.
Mal nourrit qui nen sauoure.

b.iii.

Mal se musse a qui le cul pert
Mal acroit qui ne doit rendre
Mal se moulle qui ne se essuye
Mal sur mal nest pas sante
Mal dit qui namende
Mauuaise herbe croist voulentiers
Maintenant prins maintenant pendu
Marchans se entre encontrent
Marche deuise vault moult
Maudicon de vielle truye ne passe raye de
iaret
Mauuais ouurier ne trouuera ia bon
oustil
Mauuais chien ne trouue ou mordre
Mere piteuse fait fille tygneuse
Messaiger ne doit mal ouyr ne mal auoir
Mestier nest preulx qui ne appert
menaces viuent: decolles meurent
Met pain a dent si te vendra talent
Mettes fol aparsoy il pensera de soy
Mieulx vault aise que orgueil
Mieulx aime truie bran que roses
Mieulx vault amy en voye: que denier en
courroye
Mieulx vault asses que trop
Mieulx vault bon que beau
Mieulx vault bon gardeur que bon gai-
gneur

Mieulx vault bon escondit: que mauuais
attrayt

Mieulx vault bien attendre que follement
commencer

Mieulx vault bouffee de clerc que iournee
de villain

Mieulx vault courtois mort q villain vif.

Mieulx vault engin que force

Mieulx vault eur que trop beau nom.

Mieulx vault os bonne q os menge

Mieulx vault la vielle voye que la nouuel
le sente

Mieulx vault pain en huche q escu en pa
roy

Mieulx vault mestier que espreuier

Mieulx vault prochain amy q lointaing
parent

Mieulx vault plain poing de bonne vie :q
ne fait ong muy de clergie

Mieulx vault so y taire que folie dire!

Mieulx vault sens acheter q sens enpruter

Mieulx vault tresor dhonneur que dor

Mieulx vault ong rien que deux tu lauras.

Moult a afaire qui la mer a aboire

Mort na amy

Morte est ma fille pdu est mon gendre

Muy de blef a denier: dolent ne la

N   biiii.

Nature fait le chien traffer.
Mate que nate villain.
Neceffite na loy.
Neft pas perdu quanque en peril gift
Neft pas home qui ne prent fomme.
Neft pas fire de fes pays qui de ces hom
mes eft hays.
Neft fi male chofe qui ne ayde. ne fi bonne
qui ne nuyfe.
Noyre chate a fouef poil.
Noire geline pont blans oeufz
Nul ne pert que aultruy ne gaigne
Nul ne doit faiz entreprendre quil ne puiffe
bien porter.
Nul ne fait fi bien leuure q̃ celui a q̃ elle eft
Nul ne fcait que a loeil luy pent
Nul neft villain fe du cueur ne luy vient
Nul neft fi riche qui nait meftier damys
Nul neft fi large que celuy qui na q̃ donner
Nul trop neft bon/ne pou affes
Nul iour neft qui ne ait vefpre
Nul bien fans paine.

O.

Oyfeau debonnaire de luy mefmes fafaite.
Oyfeau ne peult voler fans aelles.
Oygnes vilain il vous poindra.poignes
villain il vous oindra.
On crie toufiours le loup pl⁹ grãt quil neft

On congnoist tost lortie qui ortier doit
On fait bien mal pour puys abatre
Oncques chapon naima geline
Oncques mastin naima leurier
On doit achater pays et maison faicte
Oncques naima q̃ pour si pou hait
Oncques amour et seignorie ne sententin=
drent compaignie
On doit batre le fer tant quil est chault
On doit dire le bien du bien
On doit querir en ieunesse donc on viue en
vielliesse
On ne congnoist pas les gens aux robes
ne le vin aux sercles
On a neant pour neant
On naura ia bon asne viel
On ne doit pas a gras porcel le cul oindre.
Onne doit pas bonne terre pour mauuaiz
seigneur leisser
On ne doit pas laisser le plus pour le mois
On ne doit pas demãder a bon hõme donc
il fut/ne a bon vin ou il crust
On ne doit pas lyer les anes auecques les
cheuaulx
On ne fait pas a grans coups vielles
On ne fait pas de neant grasse poree
On ne fait pas tout en vng iour
On ne peult auoir et celer alesnes en.i.sac.

On ne peut faire de busart espreulet
On ne peut pas courir et corner
On ne peut home nu despoullier
On ne peut pas estre de tous aymes
On ne se peut de larron priue gayter
On ne prent mie le lieure au tabour
ne loiseau a la tarteuelle
On ne scait qui meurt ne qui vit
On pert en peu dheure ce que on a gaigne
en long temps.
Or est robin dyuer gettes si le me toudra
Berthe.
Or est qui or vault
Or va la brebis o la cheure lauer
Or va pis que deuant
On lye bien son sac deuant ql soit plain
Ouyr dire va par ville
Ou rendre ou pendre
Orguilleuse semblance monstei folle cuyi
dance.

P

Par deffault dung saige homme:met on
le fol en chaire
Par vng seul point perdit Berthe son asne
Par nuyt semble tout blef farine
Pasques desirees sont en vng iour passees.
Petit a petit vat on bien loing
Petites parcelles sont ensemble belles

Petit ħõme aƀat grant cħeſne
Petite eſtincelle engendre grant feu
Petite breƀiette touſiours ſemƀle ieunette.
Pecħie nuyſt
Pis ƀault encontre que aguet
Pitie de cul trait l'ente de cħief
Pires ƀous treuuent que eſcouſles
Pour ce le me fais que le te face
Pour ce mayre quil y paire
Pour aultre telle ƀous reƀail
Pour l'amour du cħeualier baiſe la dame
leſcuier
Pour neant pence qui ne cõtrepence
Pour neant demande conſeil q̃ ne le ƀeult
croire.
Pour neant recule q̃ mal iour atteñd
Pour neant plante qui ne cloſt
Pour neant ƀa au boys qui meſrain ne
congnoiſt
Peu de cħoſe ayde
Poure ħõme na nulz amis
Pourete abaiſſe courtoiſie
Pou peut donner a ſoŋ eſcuyer qui ſoŋ cou
ſteau laicħe
Pour ƀng perdu deulx retrouues
Pour ƀng morueulx ſeŋ mocħent deulx
Pour ƀng moyne ne fault couuent
Plus dure ħonte quepourete

Prtue mal achate.
Preudons veult tout bien.
Promettre sãs dõner est a folz recõforter
Q
Quãt dieu ne veult ses saictz ne preuenf.
Quant la besoigne est faicte le conseil en
est prins.
Quant le bien vient on le doyt prendre.
Quant bien vient cueur fault.
Quãt le cheual est perdu fermes lestable.
Quãt ie seray mort faictes moy chaudeau
Quãt vous fustes au pon tie fu oultre.
Quãt oportet vient en place il couuient
que on le face.
quãt beauviẽt sur beau beau pert sa beaute
Quãt vne fortune viẽt ne vien seule.
Quãt dieu dõne farine deable touft le sac.
Quãt la messe fut chantee si fut ma dame
paree.
Quantes gelees en mars/ tant de roufees
en apuril.
Qui a terre si a guerre
Qui a asne tent/a asne vient.
Qui a bon voisin/a bon matin.
Qui a mal au doit gesir en doyt.
Qui a le villain il a sa propre.
Qui a pou dieu lup touse.
Qui a aise tent aise lup fault.

Qui a couuenant a mauuais marp souuēt
a le cueur marrp
Qui a fait la chape doibt faire le chaperon.
Qui a honte de menger a honte de viure.
Qui a maraftre a le deable en laftre.
Qui a fourmage pour tous mets il le doibt
bien tailler efpes.
Qui aira paour des fieufles ne voife point
au bois.
Qui auec son seigneur mengut poires il ne
choisift pas des plus belles
Qui au deable doit aler il na que demourer
Qui bien aime enuis hait
Qui bien aime tart oublie
Qui bien attent ne fourattent
Qui bien aime bien chaftie.
Qui bien eft boute longuement chancele.
Qui bien eft ne se remue
Qui bien fera bien trouuera
Qui biē veult parler bien se doit pourpēser.
Qui bien veult payer bien se doit obliger.
Qui bien tyre il a.
Qui bien fait ne luy chaalt qui le voie.
Qui bon maiftre sert bon souper en attent.
Qui chetif enuoie a la mer nen rapozte poif
son ne sel.
Qui cōtre aigulson recule deux fois se poft.
Qui cuir voit tailler couroie demande.

Qui maintiẽt meſcħine et le deːne mourra
ra ſans pourete.
Qui dã denier maine a ſoη plait: quant ꝗ
il demande il eſt fait.
Qui deable acħẽte deable vent.
Qui de maſtiη fait ſoη cõpere: ne doibt poꝛ
ter plus de baſtoη
Qui de glaiue fera aultrup꞉a glaꝩue ira le
coꝛps de ſuꝑ.
Qui de tout ſe taiſt de tout a paiꝓ
Qui donne dieu ſup donne.
Qui dħõneur na cure꞉ ħonte eſt ſa dꝛoiture.
Qui du feu a meſtier auꞏdoꝓ ſe quiert
Qui eſt entre ſes ſoups il fault ħurler.
Qui eſt a tous ſi eſt a nuls.
Qui eſt loing de ſa table eſt pꝛes de ſõ dõma
Qui eſt moꝛt ſi eſt moꝛt   ge.
Qui eſt pꝛes du monſtier il eſt ſoing de dieu.
Qui garde de ſoη diſner mieuꝓ ſuꝓ eη eſt a
ſoη ſouper
Qui eη ieu entre iouer ſuꝓ couuient.
Qui gloutoη ħaſte eſtrangler le veult
Qui fol enuoie fol atent
Qui eſt courouce neſt pa saiſe
Qui ſoue ſait pierre ne blaſme pas ſait poſ
Qui langue a a romme va.
Qui maime il aime mon cħieη.
Qui ſa maiſoη de ſoη voiſiη voit ardꝛe doit

auoir paour de la sienne
Qui mal entent mal respont
Qui le bien voit et le mal prent: fait follie a
son escient.
Qui mieulx aime aultre que soy: au mou-
lin il meure de soif.
Qui mieulx ne peut auec sa vielle se couche
Qui na que vng oeul soef le tert
Qui na qui le serue et seruir ne se veult: ce
nest pas merueille se pourete lacueult.
Qui ne pesche que vne loche si pesche il.
Qui ne nourrist le petit naira ia le grant
Qui ne craint honte naura ia honneur
Qui ne fait quãt il le peult: il ne le fait pas
quant il veult
Qui ne peult ne peult
Qui ne peult du mail: si forge de la queue.
Qui ne veult tenir ses mains: si tienne ses
Qui ny est ne sa part   peulx.
Qui ny peult aduenir si y rue
Qui na sante na riens
Qui petit seme petit cueult
Qui nest garny sy est honny
Qui petit me donne si veult il que ie viue
Qui plus a plus couuoite.
Qui plus couuoite quil ne doibt: sa couuoi
tise le decoit.

Qui plus despent que a luy naffiert sans fe
rir coup a mort se fiert.
Qui plus despent quil ne gaigne na mesti-
er en bonne ville.
Qui plus hault monte quil ne doit de plus
hault chiet quil ne vouldroit.
Qui plus remue la merde et plus put
Qui que saille nostre iument le poulain en
est nostre.
Qui veult aimer et nest aime il est damour
mal assigne
Qui oncques ne menga ne scet q menger vault.
Qui rien ne porte rien ne luy chiet.
Qui sabaisse dieu lacroist.
Qui est saige il se doubte
Qui sert et ne parsert son louyer pert
Qui se fait brebis le lou le mengut
Qui se esloigne de la court:la court se essoi-
gne de luy.
Qui son chien veult tuer la rage lui met sur
Qui premier prent ne se repent
Qui premier vient au moulin premier doibt
mouldre.
Qui tient si tiengne.
Qui tost donne deux fois donne.
Qui tout couuoite tout pert.
Qui trop embrasse pou estraint.
Qui bon lachete bon le boit.

Qui tempre vient a son hostel mieulx luy
en est a son souper
Qui tant layme tant lachete
Qui dit a compte dit a honte
Qui vne foiz porte deux fois ne tous
Qui veult la garison du mpre il luy con
uient son meßaing dire.
Qui tient la poille par la queue il la toutrne
la ou il veult.
Qui tient aguille par la queue:il peult biê
dire quelle nest pas soue
Que oeul ne voit:a cueur ne deult
Quelque temps quil face:mieulx vault pie
que eschasse
Qui plus couure le feu et plus art
Quoy que le fol tarde le iour ne se tarde.
Que veult le roy:ce veult la loy
Qui tousiours prent et riens ne soult:la
mour de son amp se toust

R

Rage de cul passe mal de dens
Recouurer nest pas mort
Regnart est deuenu hermite
Ribauldie ne toust eur
Riches home ne scait qui amp luy est
Robe refait moult lhomme

c.f.

Roy et royne nefpargnent nully
Romme ne fut pas faicte en vng iour
Rien ne va/ou cher va

S

Si chien fout fi le acheta il
Selon la iambe le coup
Selon le bras la faingnee
Selon le feigneur la maignie eft dupte
Selon le temps la tempeure
Seruice de feigneur neft pas heritage
Si fouhaitz fuffent vrais/paftoureaux fe-
roient roix
Se tu ne metz raifon en toy/elle fi mettra
maulgre toy
Si ne le fcais dire fi le monftre au doy
Soubz vmbre dafne entre chien au moulin
Soubz le ciel namāde qui ne trouue fa cou
uerture
Son bon hofte doibt on haitier
Souuēt eft blafmes q̃ trop eft emparles
Souef garde fon poirier /q̃ ne treuue que y
getter
Souefue nourriture ne donne eur
Souef nage a qui on fouftient le menton
Sur petit cōmencement fait on grāt fufee

T

Tant crye lon noel quil vient
Tant va le pot a leau quil brise
Tant vault hõme tant vault sa terre
Tant vault la chose cõme on en peut auoir
Tant plus gelle et plus estraint
Tant venta quil plut
Tant cõme vous dures si aydes
Tart est la main au cul quant le pet en est
hors
Tel a bõn los qui la a tort:tel la mauuais
qui nen peut mais
Tant grate cheure que mal gist
Tel cuide batre qui tue
Tel cuide auoir des oeufz au feu: qui ny a
que les escailles
Tel cuide autre deceuoir qui soymesmes
se conchie
Tel cuide aimer qui muse
Tel chien nourrit on qui puis menge la
courroye de son soullier
Tel est petit qui bien boit
Tel estrille fauuel qui puis le mort
Tel cuide venger sa honte qui lacroist
Tel nuyst qui ne pourroit ayder
Tel porte le baston dont il est batu
Tel menasse qui a grant paour

c.ii.

Telle voyes tel le prenes

Tel se cuyde chauffer qui se art

Tel se cuide bien garder qui se frape sur le
nes

Tel se plaint qui na point de mal

Tel rechine des dens qui na nul talent de
mordre

Tel rit au matin qui pleure au soir

Tel tp tel mp.

Tout ce que on met au chariot tout va a la
tretoure

Tout fut a aultruy:et tout sera a aultruy

Tout est perdu tant que on baille a fol

Tout voir nest pas bon a dire

Tout se passe fors que bien fait

Tout vient de charles quant que .oger despēt

Tout charge tant que de chat naist

Toutes heures ne sont meures

Toutes choses peut on souffrir que aise

Toutesvoies sur le pre tondu.

Toutes voies est il fait ce q̃ enuis on fait

Tous mourront les filz adam

Tousiours sent le mortier les aulx

Tousiours est vengance mauuaise

Tousiours ne dure oraige ne guerre

Tousiours ne heurterōt pas dyables a vng

huys
Tousiours ne sont pas nopces
Tousiours sont pasques en mars ou en ap=
uril
Torte busche fait droit feu
Trop ennuye a qui attent
Trop achate le miel qui sur espines le leiche
Trop enquerre nest pas bon
Trop parler nuyst et trop grater cuyst
Trop tost vient a la porte qui males nou=
uelles aporte
Tant est le fol saige quil se taist

V

Va ou tu peulx / meur ou tu dois
Verite ne quiert pas angloz
Verte busche fait chault feu
Villain ne scait que esperons vallent
Villain affame est demy enrage
Vin trouble ne brise dent
Vuydes chambres sont folles dames
Viel peche fait nouuelle honte
Vous bates les buissons: dont vng aultre a
les oysillons
Vous me faictes croire de vessies que ce sont
lanternes
Vng iour de terme cent soulzvault

Ung peu de belle force vault moult
Ung cheual a quatre piedz et si cheit
Ung dormir attrait lautre
Ung quartier fait lautre vendre
Ung fol aduise bien vng saige
Une belle chose est vng oeuf
Une foiz en lan cheuauche le huan
Une bonte lautre requiert
Une piece de bacon vault deulx de lart

    Cy finiēt les prouerbes cōmuns: qui
font en nombre sept cens quatre vingtz et
deux